KB253864

작은 침묵들을 위하여

작은 침묵들을 위하여

유승도 시집

차 례

제 1 부

제 1 부

침 묵

골바람 속에 내가 있었다 바람이 어디서 불어오는지 알
려하지 않았으므로 어디로 가는지를 묻지도 않았다
　골짜기 외딴집 툇마루에 앉아 한 아낙이 부쳐주는 파전
과 호박전을 썹으며 산등성이 너머에서 십년 묵언에 들어
가 있다는 한 사람을 생각했으나 왜 그래야 하는지에 대해
서는 생각하고 싶지 않았다
　바람 속에 내가 있었으므로 바람의 처음과 끝을 이야기
하지 않았다

나의 새

내가 인간세계에서 숭도라는 이름으로 살아가듯이
새의 세계에서 새들이 너를 부르는 이름을 알고 싶다
새들이 너를 부르듯 나도 너만의 이름을 부르고 싶다

오래도록 마음의 문을 닫고 세상을 멀리하며 나는 살아
왔다
아침이야 아침이야 네가 햇살보다 먼저 찾아와 창문 앞
에서 나를 불러 아침을 안겨주었듯 저기 저 산, 네가 사는
숲에 들어가 나도 너의 둥지 옆에서 너의 이름을 불러, 막
잠에서 깬 너의 눈이 나를 보는 것을 보고 싶다
그때 너는 놀라며 나의 이름을 부르겠지…… 숭도야

바람 부는 날

숲에 바람이 부는 날엔 나뭇잎들이 야단이다

바람이 몰려온다고, 바람이 몰려간다고, 그 푸른 몸맵시
도 잊은 채 보는 사람의 마음까지 놀라게 저리 야단이다

이번엔 내 몸이 날려갈지 몰라요 가지째 꺾어져 숲 저 너
머로 사라질지 몰라요 이제 당신을 못 볼지도 몰라요

바람이 부는 날엔 숲을 떠나 숲을 본다 조그만 사람들이
우우 일어났다 가라앉듯 숲은 바람 따라 몸을 누이고 바람
따라 일어선다

바람이 부는 날, 멀리서 숲을 보면 숲은 생의 환희에 넘
쳐 바쁠 뿐이다

찔레꽃 애기똥풀

향기도 진하면 정신을 차리기가 어렵다 급히 가던 발을 멈추고 바라보니 찔레꽃이 눈부시다 그런데 찔레꽃 밑에 애기똥풀도 질펀하게 깔려 노오란 꽃을 피우고 있지 않은가

엄마가 맡는 애기의 똥냄새는 이런 것이다라고 얘기해주고 있는 것 같아 숨을 가다듬으며 바라보았다 그러고 보니 찔레꽃은 영락없이 엄마이고 애기똥풀꽃 또한 갈 곳 없는 애기이다

사람이 떠나간 빈집 앞에서 애기똥풀을 다독이며 찔레가 함박 웃고 있었다

두릅나물 그리고 봄의 끝

　형님과 누님, 형수님께 조금씩 부쳐드리고 싶었으나 이제는 그럴 수도 없다 혹여 내 생각에 마음이나마 언짢게 해드릴까 염려부터 되는 터다

　내 한 몸 추스르지도 못하여 누를 끼치며 살아온 지 삼십여 년. 햇살이 맑을 때면 두릅 하나 따는 것도 부끄러웠다

　혹시나 좋은 일이 있으면 한번 찾아뵈리라 봉투에다 담아두었으나 살아온 날이 그렇듯 세월은 나를 비켜 흘러갔으니

　젖살이 통통 오른 조카 같던 두릅은 물이 빠지고 색도 바래, 영 피어나자 시들었다 데쳐서 고추장에 찍어 먹으니 두릅의 향과 맛은 어디 가고 씁쓸하고 꺼칠함만 남았다

절벽 밑을 지나며

계곡의 절벽엔 물소리가 붙어 산다 소리를 키워서 돌려
보내는 마음
물안개도 잠시 매달아놓았다 하늘로 올려보내고 지나가
는 새소리도 담아두었다 스치는 바람에 안긴다

절벽은 골짜기와 숲, 저 하늘로 가는 길을 내게 이른다

부　탁

갓 세상구경을 나온 다람쥐 새끼들이 나를 빤히 바라다본
다 가까이 가니 길 밑으로 조금 내려가 또 빤히 올려다본다
그 맑은 모습에 햇살도 부끄러워 비시시 고개를 돌리다 미
끄러지며 줄무늬 보송한 솜털에 매달리는 한낮의 늦봄이다

바위야 썩은 나무야, 우리 함께 길을 비켜주지 않으련?

곤충의 눈

　방으로 들어오려던 날것들이, 닫아논 투명 유리창에 튕겨져 되돌아가는 것을 보고 있자니, 어떤 커다란 곤충이 창을 가리며 지나가는 것이 눈에 들었다
　곤충만이 간직한 가벼운 몸짓에 움직이지 않는 듯한 날개동작도 나를 붙잡았지만, 머리 위에 불쑥 솟은 두 개의 눈이 유난히 아름다웠다

　인간도 머리만큼 눈이 커져서, 생각만큼 보는 것도 자라나게 된다면 어찌 아니 좋을까 그 곤충은 필시, 생각하기보다는 바라볼 줄 아는 생물일 것이다

기 억

숲속을 걸어나가다 '삐' '삐' 소리를 들었다 나무와 풀
과 바위밖엔 보이지 않았지만 그것이 다람쥐 소리임을 나
는 알고 있다 동물의 흔적조차 찾을 수 없었지만 나는 다람
쥐의 긴 몸과 외로운 눈동자, 허허로운 꼬리까지 볼 수 있
었다

나는 그것이 짝을 부르는 새소린 줄 알았었다

그러던 어느날 오후, 수풀 우거진 곳에 듬성듬성 솟아난
바위 위에서 나는 울고 있는 다람쥐를 보았다 바람도 발을
멈춰 풀잎 하나 사각거리지 않는 곳에서, 적막에 싸여 울고
있었다 작은 새가 울음소리를 낼 때마다 꼬리를 아래위로
빠르게 흔들 듯, 온몸을 웅크렸다 펴며 소리를 내고 있었다
이 세상 아무것도 바라보려 하지 않기에 자신을 바라보는
나도 보지 못한 채, 치켜든 머리를 꼿꼿이 유지하며 울고
있었다

어느 바람이 잔잔히 불던 날 오후

　오색 영롱한 빛깔로 빚어진 새가 물위를 날아가다 날개를 꺾으며 수면에 내려앉았다 그러곤 허적허적 날개로 물을 치며 한낮의 한가로움을 즐기기 시작했다

　참 여유롭기도 하다 내려앉는 자세도 어찌 저리 부드러울까

　수면 위를 몰려다니던 바람이 동그라미 잔물결을 만들었다 새가 파닥이며 만들어낸 물무늬와 바람이 일으킨 파문이 겹쳐지며 물결고리들이 이뤄졌다 새는 고개를 숙여 물속에 머리를 넣었다 꺼내는 동작을 반복하며 어쩔 줄 몰라 했다 있는 힘껏 물을 쳐 온몸에 끼얹었다

　세상살이란 모름지기 때때로 즐기며 가슴 가득한 희열에 몸둘 바를 모를 때도 있어야 하는 법이지

　물을 끼얹는 동작도 싫증이 났는지 새는 날개를 수면에 펴서 물결에 띄웠다 이윽고 고갯짓도 싱거워졌는지 물 속에 넣은 머리를 꺼내지도 않고, 몸을 간지럽히는 잔물결에도 움직이지 않았다

운무 깊은 골에 철쭉꽃

숲은 적막 속으로 가라앉는다 홀연히 세상을 가르는 새
소리도 운무의 심연을 휘돌다 이내 잦아들어 삶과 죽음을
가를 수 없다
어디서 흘러온 바람인가 운무를 휘휘 몰아 노니는 곳에
홍조 띤 얼굴들이 드러나며 신선바위 주위를 어른거리니,
선녀를 보지 못했다 말하지 못하겠다

꽃나무 아래

하얀 꽃이 알알이 달린 나무 밑을 걸어나가다 꽃향기에
어지러워 잠시 발을 멈추고 앉으니, 썩는 내음 또한 나를
적신다 아래로 시선을 옮겨보니 해 지난 나뭇잎이 켜켜이
쌓여 있다

꽃이 화려한 한때를 보내는 것은 명이 다하여 흩어지는
것들의 명복을 비는 것이라
꽃은 마음을 열어 자신의 빛과 향기를 날려 다할 수 없는
아름다움으로 생을 노래한다

바람이 분다 주어진 시간을 한껏 즐긴 꽃잎들이 우수수
머리 위로, 발등 위로, 형체를 잃어가는 낙엽 위로 내린다

가벼운 소리에
정선선 기차 안에서

　한칸의 객차만을 매단 기관차가 달린다 경적도 힘차구나 골짜기를 울리며 터널을 통과할 때, 기차여행을 하는 아이들이 일제히 소리를 지른다 인솔하는 선생님도 그만 웃으며 '오' '아' 입을 벌린다

　한껏 물이 올라 가지를 치켜든 나무, 이파리들이 바람에 일렁이며 구름을 희롱하니, 아이들은 무엇이든 좋아라 연달아 손을 흔드는데, 느릿느릿 걸어가던 바람이 차창 안으로 급히 꺾여들어, 아이들의 열린 입에서 휘돌며 만드는 소리 '하' '호'

　여량에 차가 멈추자 막 가슴이 부풀어오르는 소녀들이 지저귀며 오른다 허벅지를 드러낸 아가씨들의 몸놀림도 거칠 것이 없구나 구석에 몰려 앉은 산골 아낙들, 연신 입을 가리며 소리를 낸다 '포' '파'

　'아' 하세요 아이의 입모양 따라 차장 아저씨가 입을 벌린다 쏙 들어가는 김밥 하나, 아저씨가 벌린 입을 채 다물기 전, 기관차가 다시 암흑 속으로 돌입한다 객실을 가득 메운 사람들이 아이들의 마음으로 이어져 일제히 소리를 지른다 '오, 하, 포' '아, 호, 파'

*정선선은 중산에서 별어곡, 선평, 정선을 거쳐 나전, 여량,
구절리까지 일곱개 마을을 왕복운행하는 열차이다.

무기의 여름

파룻한 골짜기, 고기들이 비상이다
피라미는 히히번뜩, 곰퉁이 꺽지도 쌩쌩, 물살을 가르고
느림보 퉁가리도 우당탕탕, 모양새를 구경하기 어렵다 모
래무지는 모래 속에, 파묻혀 나오지도 않는다

내려가지도 올라가지도 마라 곳곳에 그물이 걸려 있다 향
기에 유혹당하지 마라 어항이 기다린다 투망이 덮친다 돌
밑에서 나오지 마라 야한 빛으로 잡아끄는 살코기를 조심하
라 바늘이 목을 찌르면 목을 버려라 혹시 살지도 모른다
여름이 왔다 인간들이 몰려온다
해머질과 전기찜질에 대비해 두개의 바위를 거처로 삼고
살아가라 햇살 속으로 나아가 삶을 즐기려 하지 말고, 구름
에 잠겨 날아가는 꿈을 꾸며 세월을 보내라 가루약은 예고
없이 급습한다 그때는 도피처가 없으니 당당히 죽어라 죽
음 앞에서 비굴하지 마라 지은 죄가 없다

고기들은 자꾸만 여위어간다
하나의 바위 밑에서 또다른 바위 밑으로 사람의 눈보다
빠르게 이동하는 그림자들의 행렬

밤 새

어둠속에서 다가와 어둠속으로 가는 새가 있다

어둠에 잠긴 숲과 사람의 마을을 굽어보다 어둠으로 잠겨가는 새

그 새는 날마다 달빛 별빛으로 새로운 집을 짓고, 밤마다 날개 한번 '휘' 저어, 천리 만리 우주 끝을 돌아서 온다

선아, 우리도 밤 새가 되자 어둠에 끝없이 잠겨가서 우리 함께 밤 새가 되자

동으로 가는
구름 위에 서 있는 구름

　동으로 가는 구름을 보고 있자니 그 위에 구름은 서로 흐르고 있습디다

　기층이 달라 서로 다른 길로 가는 것이겠거니 생각했지만, 그래도 퍽이나 애달픈 모양이었지요 구름이 구름을 붙들 수는 없는 것이라고 마음을 다듬으며 다시 보아도 아름답게 보이지만은 않습디다

　상심하여 한참을 보다보니 서로 가는 구름은 움직임이 없이 동으로 가는 구름을 보내고만 있음을 알 수 있었지요 상대를 보내준다는 것만으로도 자신과 상대는 서로 다른 길을 가게 된다는 것을 구름은 내게 보여주고 있었던 것입니다 그것이 영영 만날 수 없는 길이 될 수도 있다는 것을 보여주고 있었던 것이지요

어느 한 인간의 울음소리에

매미소리가 나뭇잎에서 떨어져 치솟아오르다 되떨어지고, 아이들의 노래가 골짜기를 건너오다 사라졌다. 그 어느 시간 속에 있었던 새의 소리인지, 아스라이 다가오던 물소리도 끊어졌다

붉은 소리의 뒤를 따라, 적막이 왔다

산마을엔 보름달이 뜨잖니

봐라, 저 달 표면을 기어가는 가재가 보이잖니?
빛이 맑으니 구름도 슬슬 비켜가잖니
가볍게 가볍게 떠오르잖니
저기 어디 탐욕이 서려 있고, 피가 흐르고 있니?
그저 은은한 미소를 머금은 채 산천을 끌어안잖니

어느날, 가을

비가 그친 어느날, 계절이 바뀌었다 갈대꽃도 바람에 날
리고 산도 가볍다

부풀고 펴져서 피어오르고 싶은 것들은 몸을 일으켜 하
늘을 높이고, 자리에 들어 깊은 숨을 쉬고 싶은 것들은 땅
을 향하여 고개 숙인다

이제 그만 단절하자 성장의 시기도 지났다 망설이는 사
람아 보아라 결실의 벌판 아득히 가야 할 길이 있다

철 지난 매미의 소리도 드높다 울어라 슬픔이 많은 자여
울어라

나는 배코를 하련다 푸르른 배코를 투명한 머리를 갖고
싶다 불현듯 다가온 이 가을 앞에서

단풍잎 타는 산속에 어떤 노인네,
머루알 같은 손녀와 함께 살고 있다네

　손가락을 펼친 아이의 손바닥 같기도 했지만 노인의 얼굴과 아이의 눈빛을 더 닮았다 산정에서 기슭으로 밤을 도와 성큼성큼 내려오는 단풍의 무리, 물살 속까지 내려온 가을산의 단풍잎을 보고 있자니 절골 외따로운 숲속 집에서 살아간다는 할아버지와 그의 외동손녀 아이가 떠올랐다

　약초와 나물을 따 팔아 살아간다는 노인과 동그란 눈이 아프게 빛나던 아이 그들의 얼굴에서 웃음이 피어나는 것을 본 기억은 없지만 이쯤의 시간 속에선 노인과 아이도 어쩔 수 없이 얼굴을 붉히며 타오르고 있으리라

　요근래 들어 노인과 아이의 모습을 볼 수 없는 이유가 그것 아니겠는가? 단풍이 되어, 산 중턱의 오막마저 불태우며 숲을 밝히고 있는, 그런 까닭이 아니겠는가?

의 문

　　마음의 흐름을 따라 숲속 길을 걸었다 작은 날개에 햇살
같은 깃털을 단 새가 나를 보고는 화들짝 나무 사이로 날아
간다
　　깃털이 허공에서 떨어진다

　　나는 새에게 무슨 짓을 한 걸까

　　돌 하나를 발로 차 산밑으로 굴렸다
　　각 진 돌에 나무가 맞아 껍질이 찢겼다 이 겨울에

　　나는 돌과 나무에게 무슨 짓을 한 걸까

　　토끼와 눈이 부딪쳤다 행여 달아날까 걸음을 멈추니,
　　토끼는 그 동그란 눈에 하나 가득 겁을 담고 수풀을 뛰어
넘으며 달아난다

　　나는 토끼에게 무슨 짓을 하려고 한 걸까

대설주의보

길이 막혔다 버스가 들어오지 않는다 골짜기 깊숙이 밤
은 내려와 눈보라 더욱 짙은데, 외지로 향한 외길 위에 눈
살이 높다

한자리에 둘러앉아 술잔을 돌리는 설야, 창으로 나온 네
모난 불빛에 함박눈은 홍겹구나

폐광이 된 지도 일년이 지나 빈 마을, 이제 남은 몇몇

골짜기 끝에서 눈보라 짙어져 밤은 깊은데, 눈은 쌓이는
데, 노랫가락 쌓이는데
세상은 살며시 눈꽃의 축제를 벌이며 웃음짓는 밤이다

무덤 옆에 할미꽃

영원히 살고자 하는 인간의 바람을 받아 할미꽃이 피었다
위대한 또는 비천한 허울이 벗겨진 모습, 고개 숙인 꽃

살아 외로웠던 사람아 이제 고개를 들어야 하지 않는가
너는 꽃이다

숨기지 못한 욕망이 부끄러운가
너는 살아 있는 꽃이다

붉은 얼굴이 부끄러운가
너는 피어나는 꽃이다

제 2 부

어둠이 내리는 눈 쌓인 산길에 서서

나는 저 숲속에 사람이 살고 있다는 소리를 듣지 못했다 멀지 않은 옛날에 길이 끝나는 곳에서 한 청년이 목매어 죽었다는 숲 나는 숲속을 향하여 찍힌 이 발자국이 누구의 자취인지 알지 못한다

산길을 따라 걸으면 숲이 어둠속으로 잠기기 전에 청년이 죽었다는 곳까지 가볼 수는 있다 그러나 나는 숲에 내리는 어둠을 바라보며 어둠의 모습을 알고 싶다

산길 끝에서 마을을 내려다보며 서 있는 소나무 가지 밑에 한 사람이 서 있을지도 모른다 그의 어깨 위로 슬픔의 어둠이 내리고 있을지도 모른다

내 몸에 눈송이들이 내려앉을 때

눈이 내 어깨에 머리에 내려앉으면 나도 눈꽃을 피웠다
고 할 수 있을까
움직임 없이 자리에 서서 눈을 맞으면 내 몸에도 눈꽃이
피어날 수 있을까
눈을 감고 저 눈 내리는 저녁 들판에 나아간다면 나도 눈
꽃이 될 수 있을까

눈이 내리면 나는 왜 이다지도 눈꽃을 피우고 싶은가
자신의 몸 위에 함박스런 꽃을 피우는 나무와 풀과 바위
가 되고 싶은가

1996, 봄의 끝에서

서산에 가니 낙화 뒤덮인 숲길이 있었다 사람의 발자국
하나 없이 꽃으로만 덮인 그 길의 초입에 나는 서 있었다
길을 따라 걸으려 하니 발이 선뜻 떼어지지 않았다 꽃잎이
으깨어지며 내 부끄러운 발자국들이 찍히는 것을 염려한
까닭이었다

새벽 눈길을 걷는 사람은 새벽의 눈 같아야 아름답듯이
꽃길을 걷는 자는 꽃 같아야 아름답다 꽃길을 걸으면 꽃이
되고 눈길을 걸으면 눈이 되는 그런 인간이 되지 못하여,
나는 꽃잎이 으깨어지는 것과 거기에 내 발자국이 찍히는
것이나 염려하며 서 있었다

사라진 길

　살아온 날보다 살아갈 날들이 짧아지는 나이에 들어, 나는 잡목과 잡초들이 뒤엉켜 있는 내 지나온 길을 보며 뒤돌아섰다
　한때는 번듯한 길이었지만 빗물에 쓸리고 풀과 나무가 자라난 길이다
　가시나무들을 헤치며 길의 흔적을 찾아 나아간 것은 아련히 밀려드는 슬픔 때문이었다

　자동차나 수레가 다니던 길에선 산쥐나 토끼가 덤불 속으로 달아나고 풀숲에 둥지를 튼 새들이 길의 흔적조차 지우며 날아올랐다
　나무와 나무 사이, 풀과 풀 사이의 작은 길을 찾아서 발자국 하나 남김 없이 걸었어야 했을까 그리하여 나 또한 숲이 되어야 했을까
　언뜻언뜻 바닥의 돌무리가 드러나며 매끄럽던 길의 모습을 일깨워주기도 했으나 내가 걸었던 길은 아니었다

집

내 집 속의 방바닥 틈새엔 쥐며느리의 집이 있고 천정엔
쥐들의 집이 있다 문밖을 나서면 집 앞의 나무 위에 까치의
집이 있고 문 앞의 바위 밑엔 개미들의 집이 있고 텃밭엔
굼벵이들의 집이 있다 산은 나무들의 집이다 나무 사이엔
새들과 숱한 곤충들의 집이 있다 들판은 풀들의 집이요 시
내는 물고기의 집이다 하늘은 구름의 집이요 우주는 별들
의 집이다 그리고 나는 내 마음의 집이다

웃 음

웃는 사람의 얼굴을 가만히 보면 잔잔한 빛이 세상 속으
로 번져가고 있다

사람의 마을을 밝히는 등불을 가만히 보면 웃음이 사람
사이로 퍼져나가고 있다

밤하늘의 별빛을 가만히 보면 웃음이 내 마음에 내려앉
는다

두 개의 구름

한 구름이 또 한 구름에게 천천히 다가가고 있었습니다
음, 곧 한덩어리가 되겠구나
그렇게 생각하며 지켜보았습니다

아마도 착각이었을 것입니다 하나가 되어 기뻐하며 발산
하던 흰빛의 일렁거림은 정녕 잠시의 환상이었을 것입니다

다가갔던 한 구름이 또 한 구름의 품을 벗어나 멀어져가
고 있었습니다
다가가 하나가 될 수 있다면 그 순간 영원의 생으로 들어
가는 것이라고 생각했었습니다 그러나 그것이 쉽게 그 어
디에 안주하고 싶었던 작은 꿈이었음을 나는 또 알아야만
했습니다

부 처

골짜기를 굽이돌아 물줄기도 지칠 무렵
산등성이를 돌고 도니 거기 산으로 둘러싸인 집 한 채
마루 밑 둥지에서 암탉이 오롯이 앉아 알을 품고 있었다

솔솔바람이 산을 타고 내려와 집을 쓰다듬으며 맞은편
산을 타고 올라가는데, 눈 하나 깜박거리지 않고 앉아서 무
엇을 바라봄도 없이 오로지 알을 품고 있었다

햇살이 산에 양철지붕에 마당에 내려꽂히고 있어도
이런저런 꽃들이 하늘거리고 있어도
암탉은 오직 알을 품고 있었다

웃음짓는 사람

산 속 집에 불이 켜진다
처마 밑에 불빛
숲으로 번져나간다
길 잃은 사람이 불쑥
마당으로 들어서겠다

크고 작은 나방들만 넓고 외로운 빛을 찾아
새까맣게 모여들었다

연민의 덫

꽃뱀이나 개구리나 귀엽기는 마찬가지였습니다 둘 다 새끼였으니까요

뱀의 몸통은 개구리의 반도 안 되었으나 개구리는 뱀에게 몸의 뒷부분을 물린 채 눈망울만 껌벅거리고 있었습니다

뱀은 사력을 다해 개구리를 삼키고 있었습니다

개구리는 체념의 상태임이 확연했지만 그래도 눈만은 감지 못한 채 마지막 세상의 모습을 바라보고 있었습니다

개구리가 가엽다고 생각될수록 뱀에게도 그만큼 측은한 생각이 미쳤습니다 산 개구리를 삼켜야 하는 뱀의 모습도 기쁨의 모습은 아니었습니다

개구리는 뱀에게 물려 있기에, 뱀은 개구리를 물고 있기에, 내가 다가가도 피하지 못하는 상태가 되어 나의 모습을 바라보고만 있었습니다

나는 살며시 그 자리를 돌아서, 건너는 이 없는 강으로 향하던 발걸음을 이어갔습니다

여름꽃

그리움이 쌓여 피어나는 것이 봄꽃이라면, 여름꽃은 아
이들을 바라보는 장년의 여인으로 다가온다

맨가지의 애처로움 끝에 피어 숲의 푸르름을 불러내는
것이 봄꽃이라면, 여름꽃은 나뭇잎 사이에서 드러나지 않
게 웃는다

울긋불긋 커다란 소리로 거친 산야를 수놓는 것이 봄꽃
이라면, 여름꽃은 작은 몸짓으로 소리없이 피고 또 진다

달, 구름 그리고 나

달은 모르고 있었을 것입니다 구름이 길고 긴 강을 이루어 흐르며 달을 유혹하고 있었음을 알 수 없었을 것입니다 달은 저 혼자 빛나고 저 혼자 허공에 있어 구름이 보일 리가 없었을 것입니다

구름은 모르고 있었을 것입니다 자신의 몸을 풀어 달에게 가고 있었기에 내가 자신을 바라보고 있는지 알 수 없었을 것입니다

나는 구름 사이로 내려오는 달빛에 몸을 드러낸 채 서 있었습니다 구름이 달에 의해 빛나고 달도 구름에 의해 더욱 빛나고 있음을 바라보고 있었습니다

아침 햇살

　이불을 걷고 문을 여니 산도 구름을 벗고 내 앞으로 다가
와 선다
　소를 매러 나가는 농부의 발자국 소리가, 땅을 깨우는 소
의 발자국 소리와 어우러져 집 뒤에서 다가와 집 옆으로 멀
어지는 소리를 들으며 나는 문 밖으로 나섰다
　누가 갖다 놓았을까 처마 밑 댓돌 위에 애호박 셋
　어제 저녁, 찬은 뭘로 만들어 먹냐고 묻던 할머니가 있었
는데

너무나 크다

둥개둥개 얼러주기엔 아내는 너무나 크다

날마다 내 집 앞 성황당 나무 위에서 울어대는 까마귀의 소리를 들으며 낮잠을 즐기기엔 까마귀의 소리가 너무나 크다

걸어서 나아가고자 하나 바다가 막고 철조망이 막고 검문의 눈들이 막아 저 광활한 지평을 구경도 못하겠다

강가에 가서 예쁜 돌을 하나 주워 방안에 놓으려 하니 올망졸망, 안 예쁜 돌들이 없다

마음속의 꽃을 찾아 들로 산으로 다니다보니 제각각의 빛과 향으로 나를 부르는, 내 마음속의 꽃과 같은 꽃들이 너무나 많다

가 을

그믐밤도 깊었다
하루의 일이 끝나자 굳이 붙잡아 저녁상을 차려주시곤
술까지 거푸 따라주시며
저기 달이 보이네
흐릿하게 보이던 빛을 가리키기도 하셨다
주저하며 일어서니 다리를 절룩이며 따라나와 방 밖의
외등을 켜신다
살펴서 잘 가시게

가다가 뒤가 밝아 돌아보니
빛을 등진 채 내내 바라보고 계신다
가던 길을 다시 보니
마당 밖으로 뻗쳐진 빛이 언덕 아래 내 집 지붕까지 닿았
다

마음 한구석 돌부리에 채여도
발 아래 흙이 훈훈한 밤길이었다

소 경

   소쩍새는 울건만 모습을 잡을 길 없고 낮 동안 보았던 강
둑 너머 나무도 찾을 수 없다 길을 찾아 걷다가 발을 헛디
뎌 나동그라지니, 살아온 시간이 아득하기만 하다
   집에 들어 등불을 켜고 밤을 보낸다 어둠속을 보지 못하
니 세상의 그 무엇도 보지를 못하였다
   바라보려 하였으므로 나는 나의 눈조차 보지를 못하였다

저기 어둠속에 나의 새가 날아간다

빛이 구름을 뚫지 못하니 별도 달도 보이지 않는다

저기 나의 새가 날아간다

어둠속에 날개를 편 새가 저기 날아간다 어둠이 된 산을 넘어 어둠에 잠긴 강으로 날아간다

저기 어둠이 깃든 사람의 마을로 나의 새가 날아간다 어둠의 숲을 지나 어둠의 바다로 날아간다

그 무엇 하나 보이지 않아도 하늘 위로 솟구쳐 구름을 헤치며 날아간다

잔잔한 강의 가을

하고자 하는 일이 있으니 내 마음이 잔잔할 때가 없다

미풍도 불지 않는 강에 나가니 물줄기도 흐름을 멈춘 듯 고요함이 깔려 있다

강 건너 산의 단풍잎들이 물위로 내려앉는다 단풍잎 따라 가을산도 강물 속으로 내려오고, 구름 또한 강에 잠기니 강물 속은 빈 자리가 없다

흘러도 흐름이 보이지 않는 강 앞에서 나는 왠지 부끄러워 뒤돌아선다

가을 낮

맑디맑아 슬픈 하늘, 타는 들판이다

아주 익은 콩들이 세상 밖으로 다투어 튀어나온다
꿩들은 좋아라 좋아라
콩 심던 봄날의 할머닌 어디로 갔나

볕기 가득한 콩밭에 콩 튀는 소리
산비탈이 부산하다 인적은 없이

서리도 내릴 날이 오늘 내일이라

제 3 부

겨울강

얼음판이 내려앉으며 내지르는 소리에
강은 조바심치며 잠에 들지 못한다

날이 추울 땐 살갗이 얼어붙는 고통에 떨며 울고
날이 풀릴 땐 얼은 몸이 풀어지는 아픔에 싸여 운다

겨울이 깊어갈수록 상처가 깊어가는
강은 푸르다

겨울 들판을 걸으며

저 하늘거리는 풀을 보고 나는 갈대가 아니라고 말하지
못한다 고개 숙인 꽃은 여전히 예쁘고 날렵하게 뻗은 잎도
흐트러짐이 없다

몸을 곧추세운 채 겨울바람 속에서도 의연한 자태를 잃
지 않는 저 야생초를 나는 죽었다고 말하지 못한다

봄날의 파릇함이나 여름의 푸르름, 가을의 온화한 형상
만이 갈대였다고 나는 말하지 못한다

첫 눈

길을 덮으며 벌판을 길로 만든 사람,
북서로부터 몰려오던 바람을 타고 산정을 스쳐가며 밤낮
없이 부르던 소리가 당신이었군요

천지간을 건너오신 당신의 모습엔 나의 탄생이 얼비쳐
있습니다
땅의 경계를 이토록 허물어 그저 하얀 세상을 펼치고 있
는 당신을 오늘에야 만났습니다

이제 하늘보다 눈부신 지상의 세계입니다
하늘을 바라며 가려 하지 않겠습니다

동산 위의 처녀들

옛날에는 산너머 계곡에서 비탈밭을 일구어 먹는 집안의 달만한 처녀들이 산 위로 올라 이 마을을 굽어보며 '저렇게 들판이 펼쳐져 있는 마을에서 살아봤으면 좋겠다'며 부러워했죠 그러곤 몰래 마을의 총각들을 살펴보느라 고개가 강에 빠지곤 했었죠

이씨의 말을 들은 날부터 나는 산밑 강가를 오갈 때마다, 낮이면 햇님처럼, 밤이면 달님처럼 떠오르는 산 위의 처녀들을 본다 산초향 따라 처녀들의 목소리가 들려오면, 나는 그녀들의 시선이 뜨거워 고개를 떨군 채 강물 속을 살피거나 물소리에 귀기울인다

보고싶은 마음

　눈이 그렇게 많이 왔어요? 그러면 새들은 어떡하죠? 마당에 쌀이나 좀 뿌려줘요.
　안 그래도 그런 생각을 하긴 했었어. 저 가을에, 앞산에 가서 새들 먹이인 머루를 따온 죄도 마음에 걸리지만 그보다는 어제오늘 통 보이지 않는, 잿빛 머리와 검은 날개에 하얀 가슴털을 간직한 그 조그만 새들이 보고 싶어. 왜 있지, 하얀 가슴이 유난히 불룩했던 그놈 말야. 살아 있는지 확인이라도 하고 싶거든. 그리고 무엇보다 쌀이나마 맛있게 쪼아먹는 새들의 분주한 입질이 보고 싶어서.

눈 뿌리는 사람

강가의 깡통이나 빈 병, 건축폐기물 더미, 비닐봉투와 슬리퍼, 폐유가 담긴 기름통, 버려진 자전거도 덮었다

저기 구름 위에 사람이 있다 귀하고 천하고 추하고 예쁨은 세속 인간들의 몫일 뿐, 그 사람은 그런 것을 모른다

하얀 그의 마음이 뿌려지는 하늘을 보고 있으면 내 마음도 하얗게 덮인다마는

지상엔 그의 마음을 덮어줄 아무것도 없어, 나는 햇살에 녹아 사라지는 그의 마음을 지켜보고만 있다

어찌할 수 없는 힘

사람의 나이로 친다면 한 열살이나 먹었을까 많은 사람
들이 너를 가리켜 미루나무라 한다지 피부가 보드랍기도
하다

그런데 너는 어찌 이제 시작인 겨울 앞에서 가지마다 잎
눈을 틔워 풍성하게도 달았는가

강둑 위에 어린 나무 한 그루 있다 언제라도 잎을 펼치고
태양과 맞닥뜨릴 자세로 기운이 넘쳐나는 작은 나무 한 그
루 있다

그 나무의 퍼져나오는 힘은, 천지를 하나로 이은 이 눈
도, 강과 하늘을 가르며 질주하는 이 바람도, 심지어 나무
스스로도 어찌할 수 없다

곳집의 슬픔

사람이 죽기를 기다리며 오늘도 산밑에 몸을 웅크리고
낮게 낮게 흐느낀다

산 사람을 꽃상여에 태우고 너울너울 하늘 위로 올리는
꿈이라도 꾸며 살고 싶었다

문이 열리고 햇살이 들어오는 날을 기다리며 살아가는
나날이다 죽어야 할 사람은 어서어서 죽어라 사람이 죽기
를 기다리며 살아가는 나날이다
오래 전부터 그래왔었다

도라지꽃들이 바람에 흔들리면

씨를 뿌려 가꾼 것들이라도 거두어들이는 것이 쉽지만은 않을 때가 있다 도라지밭에 바람이 불어 연보라 하얀 꽃들이 살랑일 때, 나는 도라지를 캐러 왔다는 것을 잊고 싶어진다

세상에 부딪히며 살면서 흔들리는 내 마음이 도라지 너처럼 예쁘기나 했으면

도라지를 캐기가 미안해서, 그저 꽃 옆에 앉아서

사라진 것들

　상황버섯이 암 치료에 효과가 있다 하여 채취하러 다니
다보니, 신이 나서 따던 다른 버섯들을 보아도 반갑지가 않
다
　산삼 몇 뿌리만 캐면 팔자를 고친다 하기에 산에 갈 때마
다 산삼을 찾다보니, 산의 아름다운 모습들이 더이상 보이
지 않는다
　돌멩이도 그중 빼어난 것이 있다 하여 좋은 수석을 바라
며 강변을 걷다보니, 나름대로 멋있던 돌들이 하나같이 병
신이다

　달빛 같은 사람이 보고 싶어 인간의 거리로 나서니, 사람
다운 사람이 하나도 없다
　유년시절 보았던 양귀비를 그리워하니, 눈앞에 피어나던
꽃들이 자취를 감추었다

새의 집

누에를 키우지 않게 되면서 버려진, 뽕나무밭에 가니 집
이 있다
가느다란 가지 위, 새로운 가지가 뻗어나가며 갈라진 곳
에 풀줄기로 팽이처럼 지은 집 하나 있다
바람이 부는 만큼 흔들거리며, 햇빛도 달빛도 비도 눈도
고스란히 맞아들이는

주인인 작은 새도 그 집에 들어갈 때는 날개를 접어야 한
다 그리고 사뿐히 내려앉아야 한다 그 집은 뽕나무밭에 있
으나 밭 밖에서 보아 드러나지 않으며, 가지 위에 있으나
가지가 힘들어함이 없다

움직임이 없는 달

먹구름이 밤하늘을 덮고 바람이 산정을 할퀴며 지나가는 날에는 달이 구름 사이로 언뜻언뜻 모습을 드러내며 달려가고 있음을 보았습니다 달이 구름의 세상을 벗어나려 달음박질을 하고 있었습니다

달려도 달려도 벗어날 수 없는 구름 위를 그래도 달리는 것이었습니다 지치지도 않고 속도를 늦춤도 없이 달려나가고 있었습니다

내 오늘 먹구름이 덮인 밤하늘, 바람이 휩쓸며 가는 중천을 바라보니 거기 구름 위에 달이 가만히 제자리를 지키고 앉아 있습니다

구름이 어둠의 끝을 향해 달려나가고 있습니다

새들이 지저귀는 아침

멀리 눈 덮인 산정에, 햇살이 산너머 세상에서 한웅큼 기
어올라 마을을 본다
새들은 나뭇가지에 주렁주렁 앉아, 어서 내려오라며 햇
살을 재촉하고 있다
그런데 어어,
박씨 집 뒤 늙은 밤나무들이, 내 집의 살구나무도, 들판
으로 이어진 길가의 어린 대추나무까지, 우우우우 기지개
를 켜는가

새들도 놀라 얼어붙은 들판으로 와와 날아가버린 빈 가
지에, 산을 내려온 햇살이 소리없이 붙었다

흐 름

그저 걸었습니다 비포장 산길을 타고 강가를 따라

앞서가던 바람이 자꾸만 돌아보며 재촉했지만

작은 돌멩이를 툭 차기도 하면서, 잠시 서서 길가의 풀꽃
을 보기도 하면서

마냥 걸었습니다 풀잎과 풀잎이 스치는 소리, 나뭇잎이
바람에 떨리는 소리

강이 달리는 모습을 보았습니다 부리부터 꼬리깃털까지
온몸으로 우는 새를 보았습니다 내 발이 땅을 두드리는 소
리를 들었습니다

낯익은 마을이 눈앞에 다가왔지만 그래도 그냥 걸었습니
다

산

나는 둥그런 산에 산다
나무와 밭으로 뒤덮인 산,
　숲에서 나온 물줄기는 밭을 가로질러 산 아래 들판으로
흐른다
　가끔은 구름이 내 오두막을 감싸기도 한다

　내 산엔 산 같은 무덤들이 있다
아버지 어머니도 산에 묻혔다
아버진 말이 없는 분이셨다
얼굴을 본 기억이 없는 어머닌 노래를 잘 부르셨다고 한다

이제 출산 날이 다가온 아내의 배를 보니
무덤을 참 많이도 닮았다

침 몰

물소리와 함께 나는 살고 있었다 물소리 따라 흐르며 살
고 있었다 내 몸을 흔드는 것이 물소리인 줄을 알지 못한
채 나는 강가에 살고 있었다
　내려가는 물줄기에 마음을 띄우며 나는 강물을 좋아한다
고 스스로 믿었다 강물이 내 마음을 싣고 내 마음이 가고자
하는 곳으로 가고 있다고 믿었다

떠나가는 자

지난 가을 가라앉았던 낙엽이 사월의 바람에 떴다가 다시 가라앉는다 강변의 모래도 날려 상류로 치닫는다 마당가의 나무도 잎이 없는 가지를 눕혔다 일으키며 안절부절이다

냉이는 하얀 꽃, 민들레는 노란 꽃, 서둘러 꽃을 피워 바람을 잡으려다 오히려 온몸이 흔들린다

여 름

옥수수도 수술을 늘어뜨린 채 한껏 고개를 들었다 오이
도 하늘로 치솟고 고구마도 줄기를 뻗어 땅을 덮었다
　풀과의 싸움에 지친 농부의 모습 뒤로 작물들이 팔을 뻗
어나가는 계절, 무엇을 해야 할 것인가 하고 싶은 것도, 해
야 할 것도 알 수 없는 세월 속에서

　바람은 불어라 비는 내려라 내 마음 속의 자그마한 꿈틀
거림조차 쓸어가 진정 태양의 기운으로 가득 차게 하라

꽃

　추녀 밑에 등불을 켜고 무심히 돌담을 바라보니 낮에는 보이지 않던 꽃 한 송이가 보였다 가까이 가 보니 색 바랜 며느리밑씻개의 잎이 불빛에 드러나 보였다

　꽃은 피어나는 것이라고 나는 생각해왔다 바람에 나부끼거나 햇살에 반짝이던 초록 나뭇잎, 석양에 물든 바다의 물결, 산 위로 피어오르던 뭉게구름, 발에 톡 차이던 동그란 돌, 그 모든 것들이 꽃하곤 다른 것이라고 단정하고 있었다

거 리

  땀에 절은 몸뚱이를 강에 담그니, 살갗에 붙어 있던 때가 밀렸다 물살에 실려가는 때를 먹으려, 아기 물고기들이 몰려들었다

  손으로 움켜쥐면 한두 마리 잡을 것만 같아, 움켜쥘 때마다 손에는 물만 잡히고, 손을 수면 위로 올리면 그나마 손가락 사이로 빠졌다

  ‘나는 너희들을 쓰다듬고 싶을 뿐이다 피하지 마라 달아나지 마라’ 속삭이며 잡으려 하였으나, 물고기들은 ‘부지런히 때나 벗겨내라’ 며 내 손아귀를 벗어나면서도, 곁을 떠나진 않았다

제 4 부

굴암산정에 올라

오늘은 둘이 오르니 한결 가볍다
　사위는 아직 밤과 낮이 혼재인데, 멀리 깜박거리는 안계*
의 불빛
　누구를 부르는가 돌아보니 도리원의 불빛이 깜박대는 곳
그 동산 위로 이제 펼쳐지는 노을의 광막

오늘은 너와 오르니 가슴을 찌르던 바람이 비켜나간다
　서둘러 잎을 떨군 참나무 가지 사이로 들어찬 바람, 멧돼
지가 파헤친 구덩이에도 남녘으로 날아간 철새의 둥지에도
바람은 몸을 풀었다

운해에 잠기던 마을도 오늘은 제 모습을 보인다 어둠을
밀며 아침을 여는 사람들의 마을 닭울음 소리도 한발 늦게
울린다
　누구의 미소인가 창문마다 새나오는 불빛, 바라보면 언
제나 따듯한 풍경이다

배에 힘을 모아 짐승의 소리를 지른다
　산제 동산 위로 오르는 햇살, 발 밑의 산하가 빛으로 차

오른다 마을의 등불이 꺼지기 시작했다

그러다 언뜻, 쇳물을 토해내며 날아오르는 새가 보였다
울지도 웃지도 않던 새의 날갯짓 소리, 산정을 뒤흔든다

둘이 소리를 합쳐 동녘으로 보냈다 그리고 오래지 않아
작은 동물의 배냇소리가 메아리로 돌아오는 것을 나는
들었다

　　*경북 의성군에 있는 면의 명칭.

산골 아이

돌이 많은 골짜기 비포장 도로, 버스가 우툴두툴 달린다
꼭 자기 몸만한 가방을 등에 진 아이가 탄다
　바지 주머니를 뒤져 알사탕 같은 동전을 내미는 아이. 옷
엔 땟국물, 얼굴은 가무잡잡 그러나 눈동자는 산기슭의 샘
이다

　네가 커서 소녀가 되면 이 아담한 산골에서 사랑을 하고,
산을 닮은 사내와 강을 닮은 딸을 낳고, 천수를 누렸으면
좋겠다

　안주머니에 넣으면 눈꺼풀을 내리고 잘 것만 같은 아이

　집 몇 채 엎드린 곳에서 아이가 두 발을 모아 내린다
　저런, 책가방에 눌려 엎어지지나 않았을까?
　솟구치듯 일어나 문 바깥을 살핀다
　그러나 걱정 말라고, 아이는 잔돌처럼 굴러간다 물 건너
마을로 이어진 키 작은 다리를 건너

˙말할 수 없었다

제주시에 함박눈이 내리던 날, 눈보라 속에서 두 여자가
노래를 부르며 오고 있었다 손을 잡고 가끔씩 미끄럼도 타
면서 첫눈을 본 아이처럼 다가오고 있었다 늦은 밤, 사람들
의 발길도 끊어진 거리, 눈을 타고 내려온 선녀같이 가볍
게, 밤을 밝히며 걸어오고 있었다

아저씨 우리 같이 놀아요
·········

멀어져가기 시작했다 다시 그들의 노랫소리가 눈송이에
실려 가슴에 부딪쳐왔다 그리고 내게 다가왔을 때처럼 눈
보라 속으로 묻혀 들어갔다

거리는 눈으로 쌓여 잠들어가는데 잠들지 못하는 가슴
속으로 찬바람이 휙 지나갔다

막차 안에서

그대가 내가 될 수 없고
내가 그대가 될 수 없다면 산다는 것은 무엇인가

비포장 도로처럼 술렁이던 차 안도
종점이 가까워지면서 겨울의 바람만이 남았다

차에서 내리며 산이 된 사람아
차에서 멀어지며 어둠이 된 사람아
달도 구름에 가린 차창 밖의 골짜기엔 등불 서넛 반짝인다

앞자리의 노인마저 내려버린 차내엔
차를 모는 한 사람과 실려가는 사람 하나

당신이 내가 될 수 없고
내가 당신이 될 수 없다면
이 텅 빈 막차의 의미는 무엇인가

심심산골 오두막

그때 어디로 가는 길이었는지 지금은 모른다

눈이 길을 막아 머문 곳, 오두막에는 눈보다 따듯한 노인네가 있었다 날마다 온돌이 절절 끓어 방문을 열면 장작을 한아름 안고 부엌으로 들어가던 노인의 모습

밤이면 더욱 맑게 깔리던 고요, 백설은 스스로 빛을 뿜어 어둠을 녹였다

그때 무엇을 하러 가던 길이었는지 기억이 나지 않는다 소리는 없었고 빛과 온기만이 흐르던 곳, 눈이 산과 산을 덮고 오두막을 덮어 산도 오두막도, 노인과 나도 눈이었다

그때 어떻게 그곳을 떠나왔는지 지금은 모른다 왜 그곳을 떠나야 했는지

하늘의 빛

햇살이 떨어져내리는 도시의 아침
깨어져 버려진 보도블록 위의 달걀을 보자 산골짜기가
떠올랐다

고요히 숨쉬며 창공을 바라보던 알, 먹지도 않을 알을 찾
아 나는 아침부터 이슬에 몸을 적셨다
새의 날갯짓 소리를 듣고 어림잡아 찾아간 갈숲, 무참히
깨어져 내 앞에 펼쳐진 새알의 껍질들

빈 둥지를 가슴에 안고 풀숲을 나오니, 햇살도 멎은 듯
적막이 밀려드는데, 풀숲 아래 물웅덩이, 떠다니던 빛, 유
유히 수면을 가르던 새 한 마리, 나를 보고 펴올리던 날개
의 빛

얼룩진 보도블록, 서늘한 조각 속에서 나는 그 새의 날개
를 다시 보았다 이제는 지폐처럼 슬픈 빛의 날개를

미 련

아무래도 광야로 가야겠다
남쪽 나라의 남쪽에 끝없이 펼쳐진 대륙으로나 가야겠다
가도 가도 펼쳐진 설원, 극점에 다다라도 끝이 아닌 순백
의 벌판에

한풍이 귀를 베고 손과 발을 떼어내면 몸을 굴려 가야겠다
그 눈부신 빛에 눈이 멀어, 암흑천지 가운데서 울어라도
봐야겠다

끝끝내 끝끝내 살고 싶어, 머리 들어 동토를 내려치며 내
가 죽어도
그래도 갈 수 있다면 그것으로 좋겠다

접경지대

여름이 깊어가고 더위가 익어가니 저리 야단인가
집 뒤에 산에서 매미소리가 아파트 단지를 넘어 시장을
넘어 밀려오고 있다
집 앞에서 날아드는 자동차소리에 밀리면서도 질기게 이
어지고 있다

찻길은 집에서 가깝다 뒷산은 찻길에 비해 멀다
그 외에 지금 내가 알 수 있는 건, 산과 찻길 사이에 내가
있다는 것이다

큰 손

흙도 씻어낸 향기나는 냉이가 한무더기에 천원이라길래
혼자 먹기엔 많아 오백원 어치만 달라고 그랬더니

아주머니는 꾸역꾸역, 오히려 수줍은 몸짓으로
한무더기를 고스란히 봉지에 담아 주신다

자신의 손보다 작게는 나누어주지 못하는 커다란 손
그런 손이 존재한다는 것을 나는 아득히 잊고 살았었다

척추디스크 수술을 받은 매형이 누워 있던 병실의 창문 아래 한여름 풍경

냉각기 팬 위의 하늘에 나무의 가지가 드리워져 있었다
팬이 돌아가며 내뿜는 바람에 나뭇잎이 휘날리고 있었다
순간의 아늑함도 허락하지 않는 팬의 바람, 나뭇잎은 어지
럽게 흔들리고 있었다 그래도 잎은 가지에서 떨어지지 않
고 있었다 어떻게든 가지에 붙어 살아나가고 있었다 팬이
돌아가며 내뿜는 바람의 세기를 오직 견뎌내면서

토마토 아이들

플라스틱 화분에 흙을 넣어 심었던, 토마토에 발간 열매가 주렁주렁 열렸다
아이들은 토마토를 어루만지며 자란다 바람에 떨어질까, 더위를 먹으면 어쩌나, 구석진 그늘로 옮기기도 한다 그때마다 다시 햇살 아래로 끄집어내는 것이 내가 하는 일이다

도시의 아이들이 토마토 줄기에 매달려 익어가는 모습을 나는 바라보고 있다

태양의 얼굴

　햇살과 아내의 눈빛을 푸른 잎 가득 받아 작은 꽃이 피고
있다
　농부의 딸인 아내는 아침이면 꽃송이 위에 물을 뿌리곤 눈
망울을 반짝이며 내려다본다 콘크리트 옥상 위에 스티로폴
박스 안의 촉촉히 젖은 흙 속으로 뿌리를 뻗고 채송화는 여
름의 햇살을 튕기며 자신의 빛을 도시의 하늘 위로 뻗친다

　날마다, 내가 막 잠에서 깨어나기도 전에 아내를 부르는
빛의 소리가 있다

도시의 가을

　골목길 한편에 꽃집이 있다 지난 겨울부터 봄을 지나 여름을 거치는 동안, 그 집엔 온갖 꽃들의 웃음소리가 끊이지 않았다
　꽃집의 꽃들은 사랑을 말하지 않았다 오직 자신의 모양과 빛과 향기를 골목에 뿌리며 지나는 사람들의 마음에 다가가고 있었다 그리하여 지금은 가을이다

　그 집 앞을 지나던 한 사람, 가만히 꽃들을 바라보다 한 송이의 꽃이 되어 걸어가고 있다

애기똥풀꽃의 웃음

김 명 인

⬜1 아무래도 이 시집의 해설을 나의 개인적인 고백으로부터 시작해야 할 것 같다. 유승도의 첫시집이 될『작은 침묵들을 위하여』를 읽을 때, 나는 그와 얽힌 크고 작은 인연들로 우선 눈시울부터 붉어진다. 사정(私情)으로 각인된 웅어리진 서사에서 나는 자유롭지 못하다. 함께 기억하는 나와 그만의 세로(細路)가 그의 시 속을 헤매게 한다. 그러므로 이 글은 온전한 해설의 틀을 벗고서 내 식으로 그를 만나는 사담(私談)의 형식을 취할 도리밖에 없을 것이다.

그렇다. 승도는 이미 친구가 되어버린 내가 아끼는 제자다. 그의 신부 또한 내 훈도 아래서 대학생활을 보냈으니, 둘을 맺어준 결혼식의 주례조차 피할 수 없었던 내 몫이었다. 나는 지금도 그가 내 시교실에 앉아 있던 첫 모습을 생생하게 기억한다. 허름한 군복 점퍼에 수세미머리를 한, 일용잡부풍의 늙수그레한 대학생. 야간강좌라 흐린 불빛 아래 더욱 초췌해 보이던 메마른 청년의 인상이 그였다. 그가 시를 쓴다고 했다. 열정뿐인 나이에 오로지 글쓰겠다는 일념으로 뒤늦게 진학했다는 그의 고백담은 방과후의 술자리에서도 들은 바 있다. 그리하여 저

92

80년대의 공황이 문학의 중심을 어둡고 무겁게만 관통해갔던 날들을 글 대신 술로, 공허한 울분으로 그 또한 얼마나 허둥댔던가. 고학의 이중고까지 겹쳐 그는 무던히도 어려움을 겪었을 것이다.

휴학과 복학을 이어 잊어버릴 만하면 그가 습작을 들고 나타났다. 대부분의 문청(文靑)들이 문학으로 시대를 질정해가려는 의욕을 보였던 것처럼, 그의 습작시도 억센 관념의 덩어리였다. 시를 가르치는 선생으로서 그 시절 나는 그들의 편향성을 고쳐주려고 얼마나 애썼던지. 그러나 그 또한 좀처럼 시대의 고정관념을 뛰어넘지 못했다. 사실 그때 나는 스스로 파헤친 갈등의 골을 메우느라 그를 비롯한 학생들의 습작에 친절한 후견인은 아니었다. 더구나 물리치지 못한 학교일에 매달려 연구실조차 옮겨야 했다. 졸업으로 그도 곧 잊혀졌다. 그리고 십년 한세월이 흘렀던가.

뜻밖의 전화에 『문예중앙』(1995년 겨울호)을 펴든 나는 신인으로 얼굴을 내민 승도와 그의 시를 만났다. 마치 먼 우렛소리처럼 더듬거리며 내게 전화할 때의 그 모습으로, 그가 거기 있었다. 내가 아는 승도가 아닌 전혀 딴판의, 시인 유승도로!

> 내가 인간세계에서 승도라는 이름으로 살아가듯이
> 새의 세계에서 새들이 너를 부르는 이름을 알고 싶다
> 새들이 너를 부르듯 나도 너만의 이름을 부르고 싶다
>
> ―「나의 새」 부분

온전히 한 시인으로 호명되게 한 그의 당선작들은 일찍이 내가 읽었던 어설픈 주장의 세계가 아니었다. 그것은 세상과의 불

화로 그 바닥을 오래 헤매본 자만이 요청할 수 있는 눈물겨운 화정(和淨)의 세계였다. 그러므로 이렇게 적고 있을 때, 지금도 안쓰러움이 묻어나올 정도로, 그 순간 나는 기쁘면서도 몹시 마음이 쓰라렸다. 막 잠에서 깨어난 그가 만난 청정한 아침이, 그 아침이 거느리고 왔을 겹겹의 어둠이 눈에 보이듯 선했다. 그가 주거지로 댄 정선 구절리는 또 어떤가. 졸업 후 노가다판이며, 농가의 머슴으로, 다시 옥돔잡이 연안어선의 선원으로, 그리고 탄광의 채탄부로…… 캄캄한 세파를 지치도록 헤쳐온 사람만이 순정한 햇살을 경이롭게 자각할 수 있다. 시상식 때 심사를 맡으셨던 유종호, 정현종 두 분 선생님으로부터 나까지 덩달아 칭찬을 들으면서, 사실 나는 많이 민망하고 부끄러웠다. 그의 좌절과 절망에는 한번도 동참해본 적이 없었던 까닭이다.

그 몇달 뒤, 구절리의 그가 칩거하는 폐가에서 나는 그믐께의 하룻밤을 그와 함께 지냈다. 그리고 아침을 맞으면서 그를 깨어나게 했던 새소리를 들었다. 빗물로 얼룩진 창호문 저편, 어딘지 감추어져 있을 숲속에서 아침의 새들이 맑게 지저귀고 있었다. 귓전엔 듯 가까운 그 우짖음은 지난밤의 어둠 따윈 이미 저만큼 밀쳐버린, 아니 간밤의 칠흑 때문에 더욱 영롱했다. 그 며칠, 내 고향 울진으로 이어진 동행길에서 나는 그에게 이제 칩거를 떨치고 상경하는 게 어떠냐고 넌지시 권했다. 일자리야 알아보면 출판사 같은 곳에라도 가능할 것 같았다. 문을 걸어닫고 혼자 사는 생활이 자칫 그의 시세계를 고립시킬까 염려되었다. 그러나 무엇보다도 우선 생활이 문제였다. 그는, 완곡하고도 끈질긴 내 제안을 물리치고 당분간 그렇게 지내겠다고 했다. 십만 원 안쪽으로 살고 있으니 어떻게 꾸려보면 안되겠냐고. 나는 상경이야 마음 내키면 언제든지 가능한 결행이라 싶어 더는 권할 수가 없었다. 이듬핸가, 결혼하고 신부의 돈벌이 때문에 어쩔 수 없이 안양에 신혼방을 차렸다가 일년을 채우지 못하고 그는 다시 도시생활을 정리했다. 이번에는 솔가하여 영월 근처에 자리잡았다. 시 쓰는 농사꾼이 된 것이다.

2 유승도의 이 시집 『작은 침묵들을 위하여』에는 과거나 미래가 없다. 있다 해도 그것은 상기되기 위한 것들이 아니며, 애써 지워버려서 떠올려지지 않는다. 시간은 지속되지 못하고, 언제나 현전 속에서 맴돈다. 서정시의 가장 두드러진 특징이 현재시제의 활용에 있다고 할 때, 유승도의 시편들은 그 본질의 순연한 시간들을 실천한다. 순수한 현재는 시인 자신의 순간적인 포착만을 현현하며 사물에 얹힌 세상의 무게를 덜어낸다.

골바람 속에 내가 있었다 바람이 어디서 불어오는지 알려 하지 않았으므로 어디로 가는지를 묻지도 않았다
골짜기 외딴집 툇마루에 앉아 한 아낙이 부쳐주는 파전과 호박전을 씹으며 산등성이 너머에서 십년 묵언에 들어가 있다는 한 사람을 생각했으나 왜 그래야 하는지에 대해서는 생각하고 싶지 않았다
바람 속에 내가 있었으므로 바람의 처음과 끝을 이야기하지 않았다

—「침묵」 전문

굳이 인용시에서 시간의 흔적을 살려낸다면 "십년 묵언에 들어가 있다는 한 사람"이나 "바람의 처음과 끝" 정도일 것이다. 그것도 시인은 "왜 그래야 하는지"에 대해선 알고 싶지 않거나,

95

그 시종을 이야기할 필요를 느끼지 못한다. 이 부정성은 그러므로 모든 서사적 시간을 무화시키며, 현재에 엉켜붙는 갈등의 뿌리들을 잘라낸다. 그 결과 시인 또한 '침묵' 속의 도저한 평정을 획득한다.

세간의 바닥을 헤매며 짧지 않은 방황을 거듭해온 백수(白手)의 시인을 떠올린다면, 한치의 집착도 버린 이 허정(虛靜)은 그럼에도 슬프다! 그가 알려고 하지 않는 세상은 이미 다 알아버린 세계인가. 그가 나아가고 싶지 않는 미래는 헛되고도 헛되었던 추억과 다를 바 없을 것이라 믿고 있는가. 넋두리가 되는 과거를 지운다는 것은 버리고 싶은 유산이어서가 아닐 것이다. 마찬가지로 앞날을 전망하지 않는다는 것 또한 막막함에 대한 반사라고는 볼 수 없다. 오히려 과거와 미래를 애써 소거시키자 솟아오르는 현존의 나, 그 외로운 자아(自我)에 대한 각성이 이 시를 아리게 읽게 한다. '나'는 "골바람 속에" 있고, "골짜기 외딴집 툇마루에 앉아 한 아낙이 부쳐주는 파전과 호박전을" 혼자 씹는다. 모든 사물이 단수가 되어 홀로 고립되는 격절(隔絶)을 비로소 자각하는 이 우주적 외로움! 유승도가 시인으로 통과해낸 일차적 관문은 바로 이 존재론적 자아의 발견인 것이다. 그리고 그것이 순연하게 읽혀지는 것은 그가 누구보다도 거친 세파를 거쳐 거기에 닿은 결과라 할 수 있다. 유승도 시를 특징짓는 이 개성은 그러므로 외화(外華)뿐인 여느 신인들의 허사와는 구분될 수밖에 없다. 과거는 죽음에 방불한 제의(祭儀)로 불살라졌고, 시 쓰기가 오로지 현재와 미래의 과제가 된 늦깎이 신인만이 획득할 수 있는 무구(無垢)의 세계가 거기 있다. '세상의 감옥'을 전전하다 종착한 강원도땅 정선 구절리의 끝자락에서 혼절하며 발견해낸 눈부신 빛살인 것이다.

폐광된 탄광의 사택으로 쓰이던 건물의 한칸을 차지한 나는 빛이 들어오는 곳마다 두터운 검은 종이를 붙였다. 그러곤 잠에 들었다. 배가 고프다 못해 힘이 없어, 뭔가 먹어야겠다는 생각이 들거나 배설 기운을 느낄 때를 제외한다면 자리에서 일어나는 일은 좀처럼 없었다. 무조건 잤다. 잠에 취해 잠을 잤다. 며칠이 흘러갔는지도 알 수 없었다. 한 달 아니면 두 달? 어느날 아침이었다. 꿈결이었을까? 새소리가 들렸다. 꿈은 아닌 듯했다. 다시 새소리가 들렸다. (…) 다음날도 마찬가지였다. 이른 새벽이 분명한 시간에 전날의 그 소리가 들려왔다. 문득 새의 모습이 보고 싶어졌다. 창가로 다가가 문을 열었다.

—「코스모스와 장승」(『문예중앙』, 1998년 겨울호)

시 「나의 새」의 시작 과정을 회상하고 있는 산문의 이 대목은 새로운 자아의 발견이 그만의 몫이 될 수밖에 없음을 따갑게 일깨운다. 늘상 거기 있었던 사물들이 신기하게 각성되는 것은 '나'를 온전히 바꾸었기 때문에 비로소 가능해진 것이다. 안 보이던 현전이 삶의 덧칠을 벗겨냄으로써 분명하게 각인되기 시작한다. 특별히 유승도의 시가 친자연적인 것은 그때 그 구절리가 환골탈태의 무대였던 탓일까.

③ 그러므로 유승도의 이 시집에는 발견에 관한 기록들이 유난하다. 세계를 바꾸어버린 사람에게는 낯선 삶 자체가 새로운 발견인 것이다. 사물들은 낱낱이 호명되기를 기다리며 전혀 새로운 모습으로 거기 존재한다.

엄마가 맡는 애기의 똥냄새는 이런 것이다라고 얘기해주
고 있는 것 같아 숨을 가다듬으며 바라보았다 그러고 보니 찔
레꽃은 영락없이 엄마이고 애기똥풀꽃 또한 갈 곳 없는 애기
이다.

―「찔레꽃 애기똥풀」 부분

봐라, 저 달 표면을 기어가는 가재가 보이잖니?
빛이 맑으니 구름도 슬슬 비켜가잖니
가볍게 가볍게 떠오르잖니

―「산마을엔 보름달이 뜨잖니」 부분

마음속의 꽃을 찾아 들로 산으로 다니다 보니 제각각의 빛
과 향으로 나를 부르는, 내 마음속의 꽃과 같은 꽃들이 너무
나 많다

―「너무나 크다」 부분

향기에 취해 가던 발길을 멈추고 길섶을 쳐다보니 눈부신 찔
레꽃이다. 바로 그 찔레꽃 아래 질펀하게 깔려 노오랗게 퍼질러
진 애기똥풀꽃. 그 풀꽃은 농촌에서 소년시절을 보낸 시인이 익
히 알고 있는 사물이다. 그러나 그것이 왜 애기고 어째서 찔레
꽃은 엄마인가는 시선이 달라졌을 때 비로소 자각된다. 시각의
이런 전이는 달 표면에 떠오른 그늘을 "가재"로 발견하는 데서
도 살펴진다. 그리하여 마음속의 눈으로 다시 쳐다보는 꽃들은
저마다의 빛과 향기로 피어난 저마다의 개성, 곧 낱낱의 자연으
로 거기 있다! 아니 제각각의 다른 이름으로 시인을 불러 거기

멈춰서게 한다. 서로가 서로를 부르는 이 상호조응은 그들의 세계와 '나'의 세계가 친화한다는 것이며, 이미 하나의 우주에 함께 공존한다는 뜻이다. '새'의 이름을 알고 싶다는 것은 역설적으로 새가 내 이름을 불러주기 때문이다(「나의 새」). 그렇다. 사물과의 새로운 교감은 그 사물에 대한 이해이며 친화다. 그의 표현대로 적으면 그것은 "세계관이 문제"(「코스모스와 장승」)에 속한다. 결코 단순할 수 없는 이 화해의 도정은 그가 자신을 바꾼 까닭에 가능해진 길이며, 과거를 떨쳤으므로 비로소 열린 세계이다. 그리고 그렇게 될 수밖에 없는 필연은 세계가 바뀌면 세계관 또한 바꾸어야 마땅하다는 그의 변화된 생각으로부터 솟아오른다.

　　달은 모르고 있었을 것입니다 구름이 길고 긴 강을 이루어 흐르며 달을 유혹하고 있었음을 알 수 없었을 것입니다 달은 저 혼자 빛나고 저 혼자 허공에 있어 구름이 보일 리가 없었을 것입니다
　　구름은 모르고 있었을 것입니다 자신의 몸을 풀어 달에게 가고 있었기에 내가 자신을 바라보고 있는지 알 수 없었을 것입니다
　　나는 구름 사이로 내려오는 달빛에 몸을 드러낸 채 서 있었습니다 구름이 달에 의해 빛나고 달도 구름에 의해 더욱 빛나고 있음을 바라보고 있었습니다

—「달, 구름 그리고 나」 전문

"달"과 "구름" 그리고 "나"는 서로가 몰랐던 저 혼자였을 때에는 각자가 고립된 별개의 자연일 뿐이다. 그러나 달은 구름으

로 하여 밝기를 더하고 구름 또한 달에 의해서 자신의 존재를 비춰낸다. 그리하여 달빛에 몸을 적신 채 그 광경을 바라보고 있는 '나' 또한 어느 사이 그들의 교호에 젖어드는 것이다. 생각을 바꾸자 새로운 관조가 펼쳐진다.

④ 이렇게 보면 유승도의 이 시집은 자연동화적인 교감으로 가득 차 있다. 그렇다고 하여도 그 화정(和淨)은 선험적으로 주어진 것은 아니다. 서두에서 말했듯이 그것은 인간세를 누구보다 쓰라리게 겪고 넘었기 때문에 마침내 쟁취된, 이슬처럼 영롱한 결정(結晶)이다. 그러므로 그 순수에는 알게 모르게 가라앉힌 아련한 앙금들이 비쳐난다. 그의 시가 어쩔 수 없이 애처로움을 안게 되거나 아련한 연민과 연결되는 까닭은 그 또한 사람 사이의 훈기를 떨치지 못하는 연유일 것이다. 댓돌 위에 놓고 간 애호박을 거두면서 "어제 저녁, 찬은 뭘로 만들어 먹냐고 묻던 할머니"(「아침 햇살」)의 고마움을 떠올리는 모습이나, "절룩이며 따라나와 방 밖의 외등"(「가을」)을 켜고 걱정스럽게 배웅해주는 이웃의 인정에 못내 젖어드는 것도, 세상에 대한 미련 이상의 결곡한 그 무엇이 있다. 우리 모두가 그럴 테지만 그 또한 사람 사이에 한 사람으로 서 있는 것이다. 그러므로 나는 그가 은둔을 적멸세계로 밀고 가지 말고 다시 이웃들을 호명하고 그도 세상에 의해 호명되길 바란다. 고립이 깊어지면 홀로 수직하는 법. 그러기에 그는 아직 앳되어야 할 신인일 뿐이다. 세간의 나이로 올해 이미 불혹(不惑)에 들었다고 하지만, "형님과 누님, 형수님께 조금씩 부쳐드리고 싶"(「두릅나물 그리고 봄의 끝」)은 두릅이 바래도록 버려둘 그 불혹은 아닌 것이다. 나는 그가 아래의 인용시에서 보듯,

계곡의 절벽엔 물소리가 붙어 산다 소리를 키워서 돌려 보
내는 마음
　물안개도 잠시 매달아놓았다 하늘로 올려보내고 지나가는
새소리도 담아두었다 스치는 바람에 안긴다

　절벽은 골짜기와 숲, 저 하늘로 가는 길을 내게 이른다
　　　　　　　　　　　　　　　—「절벽 밑을 지나며」 전문

수직을 수평으로 넓게 펼쳐주길 기대하는 것이다. 다행히 그는
'사람들과 함께 살아야 한다고 생각했기에' 견딜 수 없었던 도
회생활을 청산하였어도 무위(無爲)하지 않고 농사꾼이 되었다.
농업은 혼자서 할 수 있는 직업이 아니므로, 품앗이로 일을 거
들다보면 진정한 세상살이의 "가슴 가득한 희열"(「어느 바람이
잔잔히 불던 날 오후」)도 때로는 즐기며, 몸둘 바 모를 때가 있으
리라 믿는다. 다만 걱정스러운 일은 농업은 이미 사라지고 농군
만 남는 세태를 그가 또 어떻게 견뎌낼까 하는 점이다. 아무리
농사가 그의 말(「코스모스와 장승」)대로,

　자신의 세계관에 대한 문제요 신념의 문제가 아닐까? 내가
택한 문학이 돈이 안된다고는 하지만 나를 일깨우고 나를 돌
아보게 하며 어쩔 땐 다독여주기도 하는 것처럼, 농사 또한
그런 것이 아닐까?

라고 생각되더라도.

시인의 말

내 나이도 마흔이 되었다.
돌아보면 내놓을 것이라곤 무엇 하나
찾아지지 않는 세월이었다.
부모님이 일찍 돌아가신 탓도 있었겠으나
형님들과 형수님들, 누님 그리고 매형께
빚을 지며 살아온 나날들이었음을 어찌할 수 있을까?
그나마 작은 것 하나 붙들고 있었던 것이
이 시집을 내게끔 되었으니 신세진 분들께
조금이나마 갚음이 되었으면 좋으련만,
아무래도 마음에 차지 않는 것을
또 어찌할 수 있을까?

1999년 초하, 영월 예밀에서

유 승 도

창비시선 188

작은 침묵들을 위하여

초판 1쇄 발행 / 1999년 7월 5일
초판 4쇄 발행 / 2022년 8월 12일

지은이 / 유승도
펴낸이 / 강일우
펴낸곳 / (주)창비
등록 / 1986년 8월 5일 제85호
주소 / 10881 경기도 파주시 회동길 184
전화 / 031-955-3333
팩시밀리 / 영업 031-955-3399 편집 031-955-3400
홈페이지 / www.changbi.com
전자우편 / lit@changbi.com

ⓒ 유승도 1999
ISBN 978-89-364-2188-5 03810